나를 닮지 않은 자화상

일러두기

- 이 책은 화가 장호가 2013년 5월 구강암을 선고받은 때부터 이듬해 6월 타계하기까지
  쓰고 그린 일기와 그림의 일부를 시간순으로 모아 만들었습니다.
- 화가의 일기는 원문을 최대한 살렸으나 일부 표현은 표준어 표기법에 따라 고쳤습니다.
- 이 책에 실린 그림 대부분은 다색 볼펜으로 그려졌습니다. 화가는 병상에서 볼펜을
  쥐고 깜박 의식을 잃었다가 깨어나면 그리기를 반복하면서 마지막까지 투병했습니다.

나를 닮지 않은 자화상

화가 장호의 마지막 드로잉

창비

차례

2013년 5월 12일 일요일

14:30 가출.

15:00 관촌행 버스 탐.

16:00 임실 도착.

17:00 남원 도착.

18:00 마트 등 남원 시내 배회.

19:00 피시방 들어옴.

20:00 저녁 : 우유, 식빵.

2013년 5월 13일 월요일

07:00 피시방에서 나옴.

09:00 우체국에서 편지 몇 줄 씀. 옷, 신발 부천으로 보냄.

11:00 마지막 이비인후과 5일 치 약 받음.

12:00 설렁탕 사 먹고 그 전에 즉석 밥, 김치, 참치 캔 등 먹거리 구입.

15:12 달궁 야영장행 버스 탐.

16:50 달궁 야영장 도착.

18:00 텐트 설치.

19:00 저녁으로 호박죽 먹음.

　　　밖에서 일정 쓰다 모기에 물림. 물파스를 사야겠다.

내가 왜 가출했나? 암 치료가 무서웠다.

어느 이비인후과 의사는 들어내야 한다고 거두절미 말했다.

그리 놀랍지는 않았다. 이미 인터넷으로 알아낸 내용이기 때문이었다.

지리산에서 삶의 여정을 끝내고 싶다.

그러나 살고 싶다.

그러나 죽고 싶다.

그냥 앉아서 죽고 싶지는 않고 바래봉도 가고 뱀사골도 가고 종주도 하고

둘레길도 돌아볼 것이다.

사람들의 소리는 전혀 들리지 않고 밤새 소리만 삐르르르······.

누비옷을 가져온 게 다행이다. 계곡물 소리도 가깝다.

뱀사골 바람
2013.05.

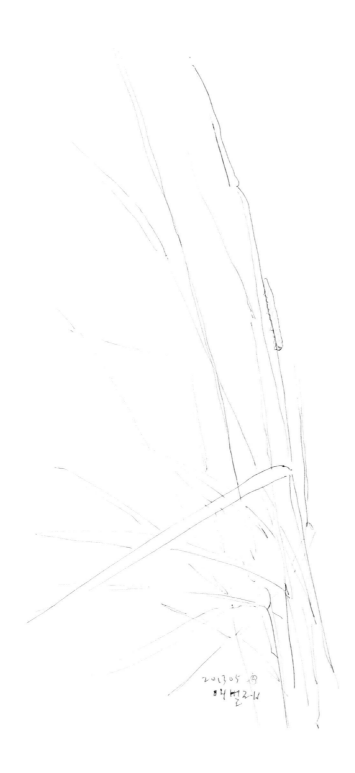

2013 05 朴
여봄2-14

12

2013년 5월 14일 화요일

계곡물 소리가 예뻤다 미웠다 한다.
그 소리 쭉 같은데 조용하다 시끄럽다 한다.
계곡 바위에 앉아 물소리를 듣다가 예쁜 소나무를 보았다.
야영장 야외 공연 시설 자리에 앉아 있다.
신발, 양말 벗고 맨발로 있으니 개미들이 발등에 올라 왔다 갔다 한다.
개미 한 마리 연두색 애벌레를 물고
이리 왔다 저리 갔다 한다.
점점 더 악화될 것 같던 구내염이 조금 덜하다.
아픈 것도, 침 삼킬 때 쓰리던 것도.
계곡에서 불렀던 노래들이
부정의 늪에서 긍정의 산으로 나를 이끌었다.
「갈까 보다」「사랑가」「섬집아기」「해당화」「등대지기」「북한강에서」…….
노래가 죽을 수 없다 한다.

2013년 5월 15일 수요일

08:55 운봉 가는 버스에 탐.
09:45 운봉 하차, 바래봉 오르기 시작.
　　　　바래봉은 지리산 다른 봉우리와는 다르게 큰 나무 없이 둥글고 아름다웠다.
　　　　그 안의 작은 사람들이 나무같이 예뻤다.
　　　　철쭉 군락지엔 철쭉이 온통 붉다. 아직 다 피우지 않았는데도 눈에 가득 차고
　　　　그 곁의 사람들이 또 꽃 같다. 철쭉이 저렇게 아름다운 꽃이구나!
　　　　휴대 전화를 나흘간 꺼 두었다가 켜 보았는데 스물한 통의 문자가 와 있었다.
　　　　어머니와 아버지께서 전주에 오셨단다. 딸은 어디냐고 묻고 있었다.

나는 지금 걷고 있습니다.
나는 지금 울고 있습니다.
나는 지금 웃고 있습니다.
살고 싶어요.
죽고 싶어요.

2013년 5월 16일 목요일

15:00 노고단 대피소 도착.

       별꽃과 노고단에서 바라본 섬진강을 그림.

18:30 노고단 대피소 노고단실 16번 방 얻음.

       이름과 주소가 그대로 드러나

       길은이가 날 찾는 데 쉽겠다.

201305

2013년 5월 17일 금요일

다시 찾은 달궁 야영장은 발 디딜 틈이 없을 정도로
텐트와 자동차가 가득 차 있었다.
아이들 소리를 들어서 좋기도 하지만 그래도 조용함만 못하다.
좌우로 대가족이 소리. 소리…….
문제가 없을 리야 없겠지만 당장은 행복해 보인다.

별빛이 참 밝고 맑다.
내가 사라진 뒤 길은이가 마음고생이 심할 것이다.

말음 한음달
20130517

지리산단풍나무 201305.8

2013년 5월 18일 토요일

내가 지금 나와 지내는 것은 암 치료의 공포와 진료비 걱정 때문이다.

소원이던 여행을 하면서 그림 그리다 죽고 싶다.

병원에 드러누워 시간을 보내느니 죽더라도 자유롭고 싶다.

14:00 달궁 산책길에 들어 계곡물 소리를 들으며 제비꽃, 폭포를 그렸다.

　　　내리치는 폭포수를 그리기 어렵다.

　　　한 시간 반가량 그리고, 춥고 지루해 모레 다시 나와 그리기로 하고 일어섰다.

20:00 어두워졌다. 헤드램프가 텐트 안을 밝혔다. 휴대 전화를 꺼 둔 지 일주일이 됐다.

　　　민정이에게 어떻게든 연락하여 '잘 있다. 걱정하지 마라.' 전하고 싶다.

21:00 휴대 전화를 켜 보고 싶다. 식구들이 그립고 친구들이 보고 싶다.

쓴바치라근.
2013.05

광대나물라 달개비가 반났어요

2013.05

지리산들풀
201305
陰

2013년 5월 19일 일요일

그친 줄 알았던 비가 다시 내린다.

빗물인지 콧물인지 눈물인지 모르는 걸 흘리며 밥을 먹었다.

사람들 곁으로 달려가고 싶다.

무슨 얘기라도 나오는 대로 지껄이고 싶다.

따뜻한 격려의 말을 듣고 싶다.

문자도 보고 무슨 소식이 들어왔는지 알아보고 싶다.

2013년 5월 20일 월요일

시내 가서 할 일

: 책 사기(시집, 죽음 관련 책), 스케치북, 다색 볼펜, 작은 가방.

: 길은, 민정, 어머니, 아버지께 문자 하기.

나로 인해 걱정하는 사람이 없어야 한다.

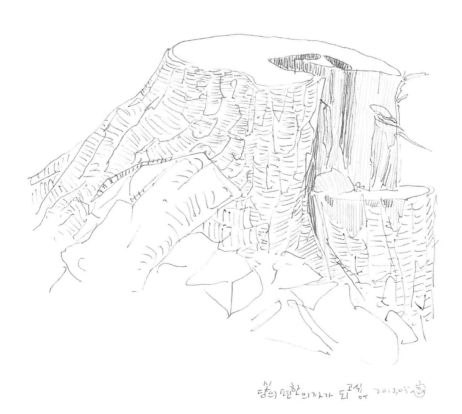

땅의 명한의가가 되고싶어 2012.05

2013년 5월 21일 화요일

생각보다 더 많은 사람들에게 걱정을 끼쳤다.
효관이 울며 당장 병원 가자 하고
기홍 형 포스 있게 병원 가자 하고 대수 논리적으로 병원 가자 하고
동식 막 병원 가자 하고 지혁 조근조근 병원 가자 하고
의성 말없이 병원 가자 하고 두성 욕하면서 병원 가자 하고
창원 형 생각대로 병원 가자 한다.
막걸리를 마셨다.

2013년 5월 22일 수요일

05:30 기상. 비록 꿈은 꾸었지만 한 번도 중간에 깨지 않고 쭉 잔 게 몇 년만인지.
      지금 마음이 아주 편안하다.
09:00 일어나서 그림을 두 장 그렸다. 하나는 질경이, 또 하나는 노란 작은 꽃.
      나는 지금 살고 싶어서 들꽃을 그린다.
      그것들을 보고, 그리고 있으면 희망이 내 안에 있음을 느낀다. 그래서 그린다.
      오늘도 그릴 것이다. 민들레와 꽃다지를 그려야지.
      달궁 계곡에 발을 씻고 발이 마르도록 기다리고 있다. 오늘이 가출 마지막 밤이다.
      딱 열흘간의 야영 생활의 끝을 내려 하고 있다. 치료를 미룰 수는 없다.
      이렇게 마음을 먹게 한 가족들, 친구들에게 고맙다.
      꽃들을 보면서 스케치하며 느낀 점은
      욕심이 들어가면 좋은 그림이 나오지 않는다는 것이다.
      욕심이 들어갔는지 안 들어갔는지조차 나누어 보기가 힘들었는데
      여기 와서 그리면서는 또렷하게 알게 되었다. 너무 좋은 일이다.
21:30 달궁의 마지막 밤은 저리게 아쉽다. 건강해져 다시 오면 될 일이다.

어서 달개비꽃으로 리고싶어

2013.05

포도나무잎
2013.05

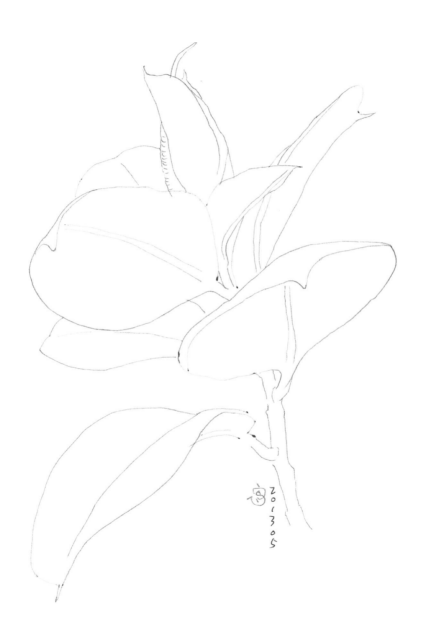

201305

2013년 5월 24일 금요일

07:00 기상. 어제의 고통은 진통제를 두 번 먹고서야 진정되었다.

12시 넘어서 잠들어 7시에 일어났으니 그래도 많이 잤다. 편하게.

08:00 딸아이 학교 가는 모습을 보았다.

음식물 쓰레기를 오랜만에 버렸다.

아파트 뒷길에 핀 망초꽃이 예뻐 그렸다.

또 하나 그렸는데 이름 모르는 풀꽃이다.

201305-◎

2013년 5월 25일 토요일

뿌연 도시, 나는 어둡다.

그러나 여기 사는 사람들은 밝다.

47

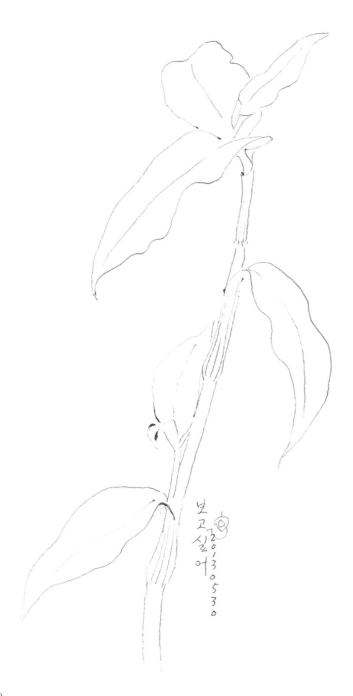

보고싶어
2013
0
5
3
0

고덕산 20130531

나팔꽃
2013 06

51

감
자
꽃
20. 300.

54

20-3-66

201306

20.30b.

두 번째 노트 나를 닮지 않은 자화상

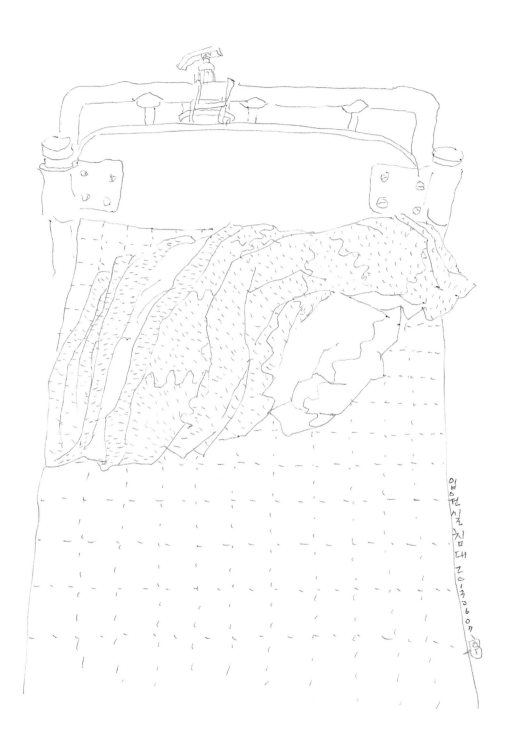

응원소치대 2013.06.07 @

병실 2013.0607

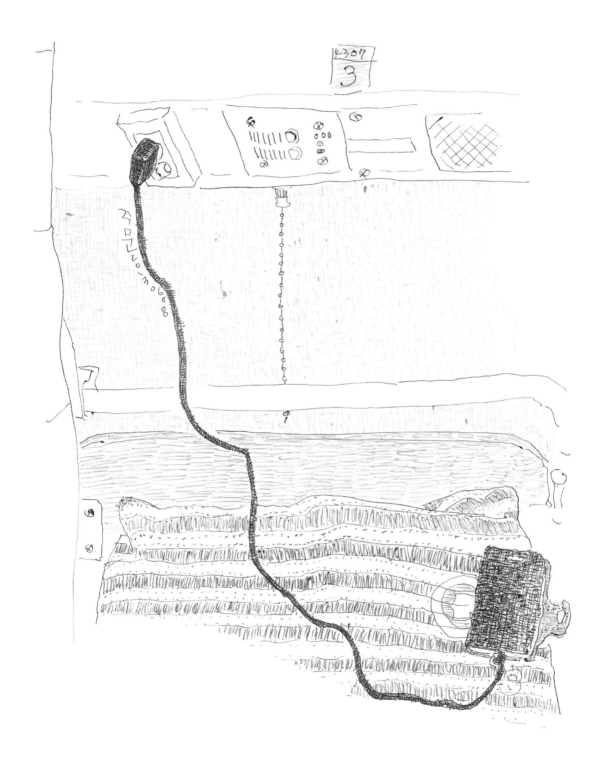

67

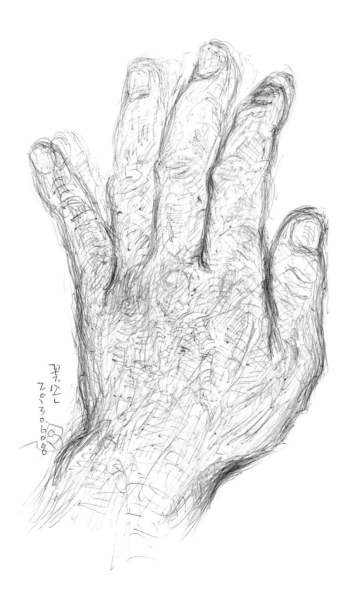

꽃손
2030609

2013년 7월 11일 목요일

재수술 해야 한다는 얘기를 처음 들었다.
끔찍한 수술을 또 한 번.
겁도 나지만 치료비가 자꾸 걱정이다.

엘리베이터 앞에 있지요 어느 한 집 것인지 모르지만

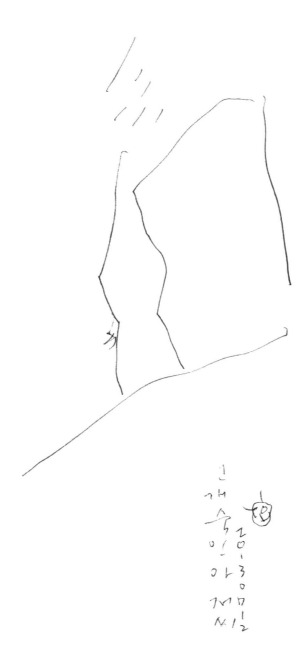

빗소리2
2013·7 12

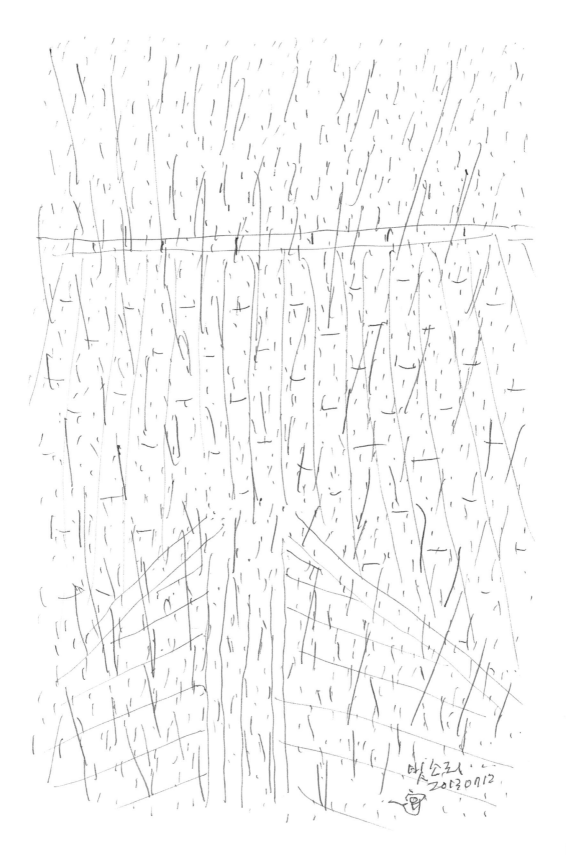

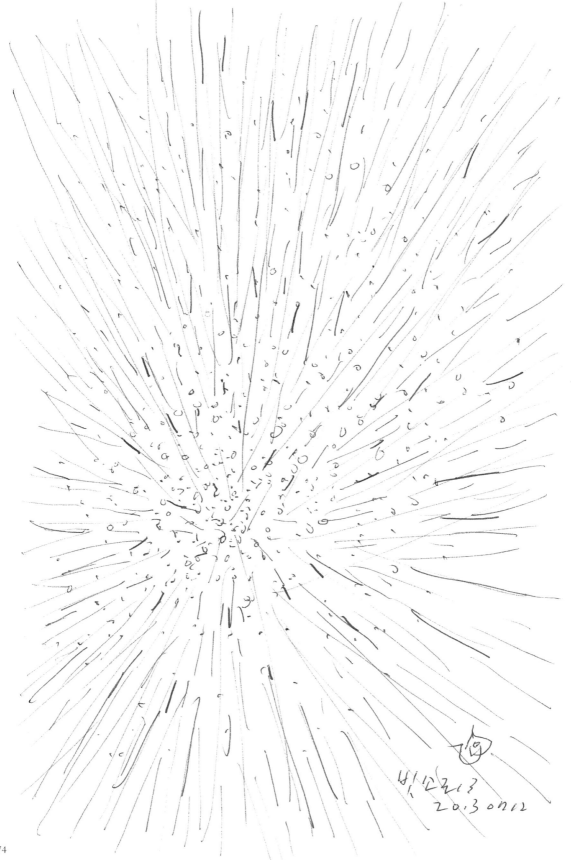

비밀같은
2013.07.12

비스듬히
흐르는
비

76

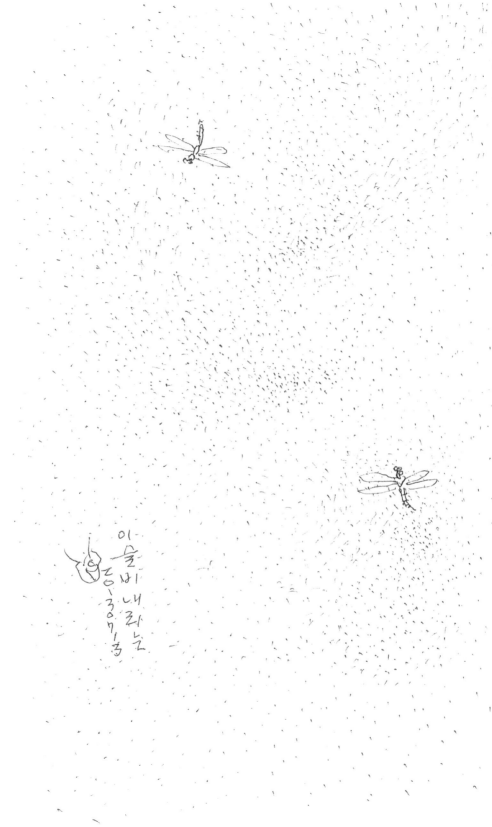

이슬비 내리는 아침종이

잡는 그
넣고 립 그
아 리
생 면
2013.07.4 겨
오

81

20130716 徐宁

온ㄱ듣ㅎㄱ풀들
제물어은

어버린 마음을 남겨야
2013. 01

84

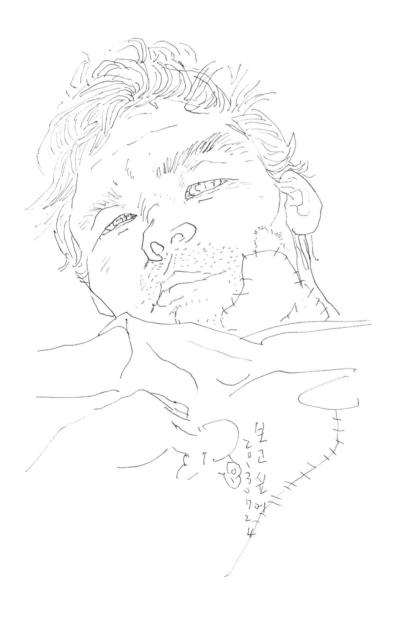

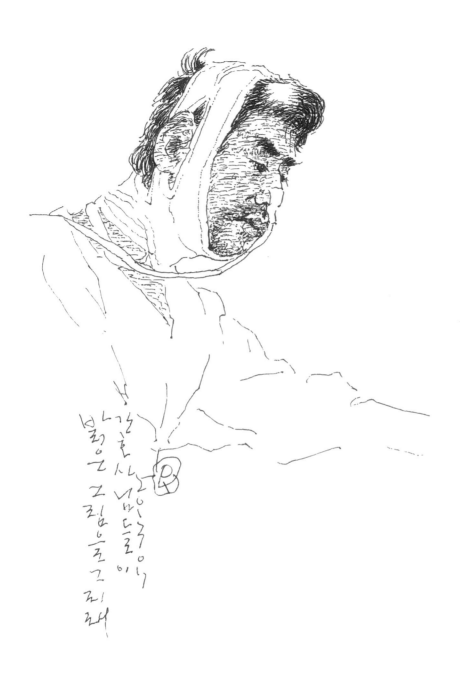

병원으로 갈 줄 알았는데 방으로 들어오는 것이 그려서

화가가 퇴원한 뒤에 지리산에서는 보지 못한
달개비꽃을 여름날 동네 화단에서 발견하고 그렸다.

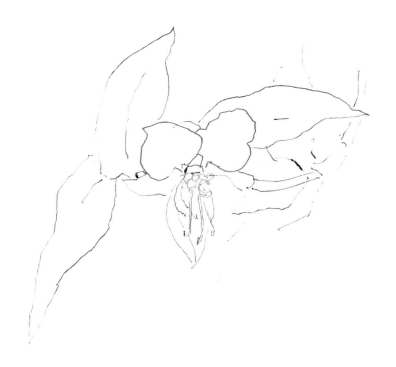

김영리

2013.08.09

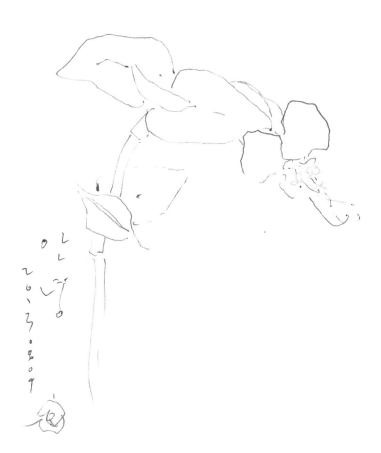

2013.08.09

2017 08 18

재일본

二〇一三〇八三〇

좋아요. 아침 햇살이 참. 세브란스 병원에서 구월 첫날.

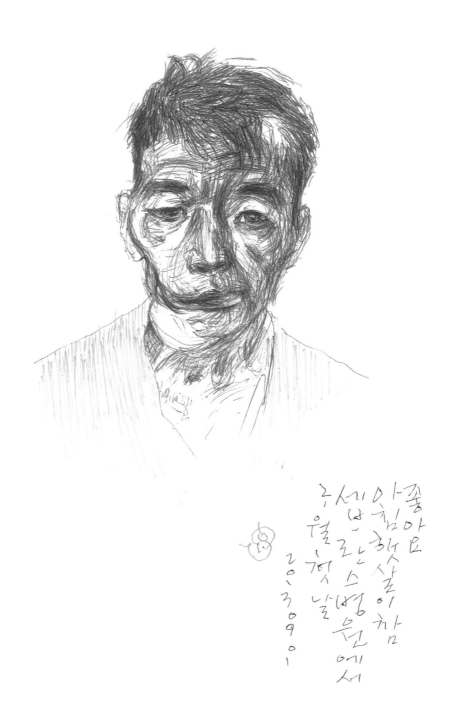

좋아요
아침해서
침해살이
했습참
어살

참
봄로는스병원에서
세발
우로
월스
겟방
날원

2030901

달달달. 떨면서 쓴 글씨. 저녁 햇살이 참 좋아요.

참
좋
해
요

략
편
사
찰

떨
면
쓴
이

달
달
달

2013.09.01

글
씨

102

안
인
2013.09.04

103

서미경화백 동생정숙아재
2013.09.07

아무 이 깨는게
그 리웠던 일이 있다

오늘도
내가 자고 있음
20130909

107

오늘 힘겹게 맑을 자네야
2013 0910

기분이 참 좋아

2013.09.2□

2013년 9월 13일 금요일

오늘도 해는 떠올라 낮이 됐다.
내 얼굴을 보고 그리긴 했지만
참 닮지 않았다.

111

점심부터 미음을 먹어 볼게. 아침은 못 먹겠다. 미안하다.
누굴 위해 먹는 것도 아닌데 점심 미음은 진짜 먹을 수 있을까? 한참 남았는데도 벌써 걱정이다.

점심부터

마음을 먹어볼께

아침을 못먹겠다

미안하다.

누굴 위해 먹는 것도 아닌데
점심 마음은 진짜 먹을수 있을까
한참 남았는데도 벌써 걱정이다
2014 0407 을 오후

나의 손입니다. 어서 뽑아 버리고 싶은 줄입니다. 하지만 그럴 수가 없습니다.
하하. 같이. 오랫동안 같이 가야 합니다. 당신과 함께하듯 말입니다. 손잡아요. 부드러운 손길.

나의 손입니다
D서 뽑아 버리고 싶은 손입니다
하지만 그럴 수가 없습니다
하하 같이, 오랫동안 같이 가야합니다
당신과 함께, 하듯 말입니다
손 잡아요
부드러운
손길

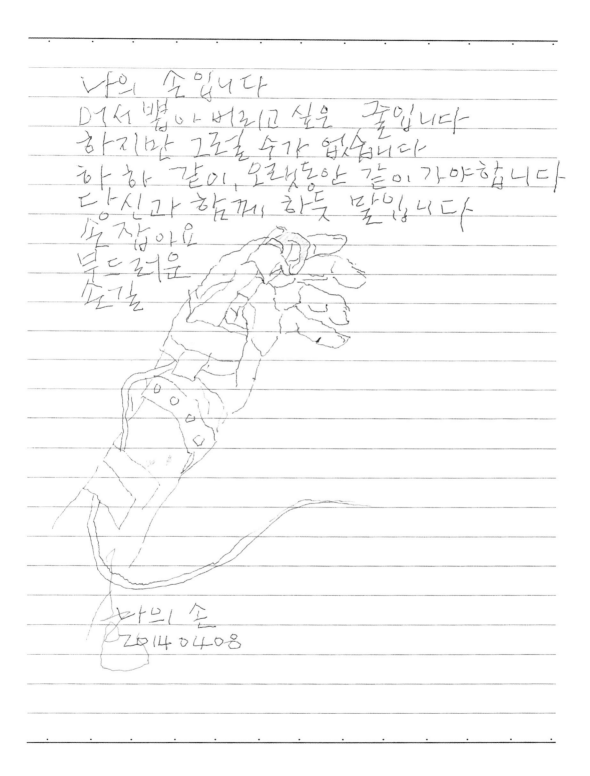

하의 손
2014 04 08

자고 있네요, 웅크리고. 새벽 서늘함과 말이에요. 많이 힘들 겁니다.
곧 병실에 아침 햇살이 들어 아내의 머리를 따뜻하게 감싸 주겠지요.

놀러 오세요. 보고 싶어요. 암 센터 무서운 곳 아니랍니다. 기다릴게요. 웃음 띠며 달려오는 당신.

129

나의 발. 왼쪽 발이 막 부어요. 수술하느라 살을 떼어 간 쪽이거든요.
큰일은 없을 거라 여기며. 쉬쉬.

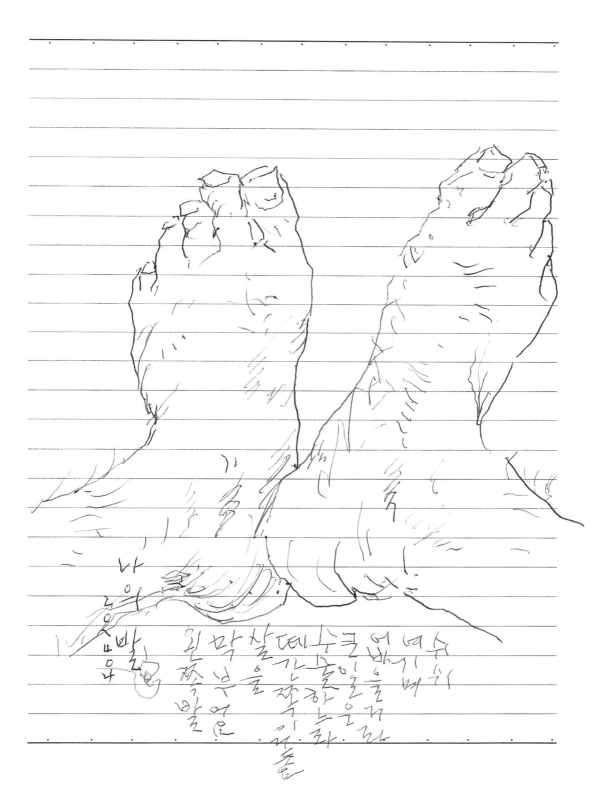

나
이
오
사

밭
에
짝
발

왼 막 살 때 누 크 어 여
쪽 낫 을 가 놓 이 배
발 부 을 짝 랑 고 우
흩 엌 짝 발 은 며
을 으 · 의 로 라
   홀

빨
간
우
리
딸

잠
이
미
처
2048.4.7

장
래
희
망

2
0
1
4
04
16

손길

2014.04.22

우내 제차 저녁바람인에이이 저 내
너희 거기 날이 보고 눈 보리백온 눈앞의
날론 더블 바람들 는 눈 소리 날아드는

화가가 투병 중이던 2014년 4월 16일 세월호 참사가 일어났다.

우리 같은 길 가요. 벗이거든요. 밥도 떡볶이도 같이 먹어요. 노래도 같이 부르고 공부도 함께해요. 우린 별.

별 우리
공부도 함께 해요
노래도 같이 불러요
같이 먹었요
밥도 떡볶이도
벗이 되두요
같은 길 가요
우리

장민정·수빈

후미진 꽃그늘 아래 조금씩 조금씩

RABELLO

나의 가엾은 날

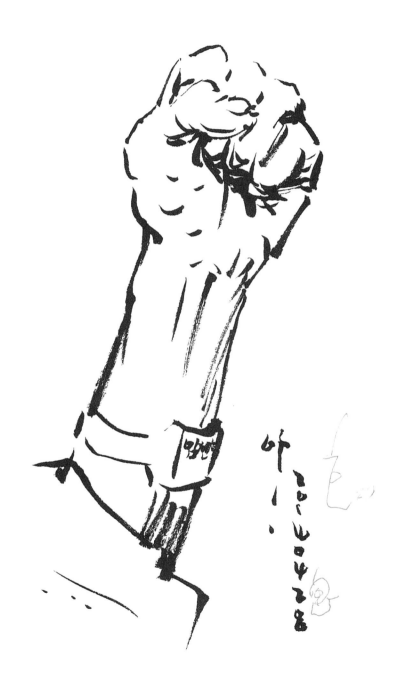

146

147

너, 일어나. 그래. 서는 거야. 누워 있거나 고개 숙이고만 있으면 안 돼. 햇살 되어 빛나.

어느 날 갑자기 깜짝 매화꽃. 내 얼굴에 핀 흰 꽃.

아내의 기도. 조용히 눈을 감아. 가요. 어디로 갈까, 바람.

장민정. 불러 보면 눈물 날 때가 있어. 유치원 다니며 무슨 무슨 공연 때
「당신은 사랑받기 위해 태어난 사람」 부르다 눈 마주쳤을 때 눈물 나올 뻔했어.
어찌나 맑고 깨끗하던지. 달리는 백마.

백
마
달
리
는

미
친
나
끼
깨
꽃
하
던
지

눈
물
나
오
빼

눈
마
주
쳤
을
때

이
해
때
어
난
사
람

당
신
의
사
랑
밤
이

곧
으
면
때
무
손

웅
치
워
다
니
며

잎
에
우

눈
물
날
때
가

불
혀
보
면

장
민
정

2014년 5월 7일 수요일
너무 무서워.
온종일 그림 그리지 못했다.
정말 무서워.

158

세브란스 병원 삼 개월째. 극도로 피곤한 길은이가 창가에 기대어 뭔가 한다.

세상으로 비켜진
그래서 가난
또
괴로운한 질은......
참내에서나에
알개된다
2014.6.13 효완를

아주 중요한 얘기를 나의 각시가 했다. 오늘 회진 시간에 의사 선생들이 가망이 없다고 했단다.
그동안 생활한 것들을 돌아보면 여태 병원에서 들은 얘기 중에 가장 놀랍고 충격적인 소리였다.
그러나 바꿔 생각하니 (그 말은) 나를 생각으로부터 한순간 해방시켰다. 내 목숨은 내가 결정한다.

아주 숭고한 배를 나의 가슴이라 했다.
오늘 회진시간에 의사선생들이 가망이 없다
고했다. 고동은 생활했던 것들을 흘러간 어제
어제적 병원에서 들은 애기 꿈에 그장
흐르고 추억처럼 하나였다.
그러나 나의가 사랑했던 내하 오늘
나를 생각으로부터 숨기어져라

        행복한
내 목숨은 내게 결정한다.
            2008년 배17- 화요일

163

2014년 6월 23일 화가가 생을 마감하기 며칠 전에 마지막으로 그린 그림.

장호 1962~2014

전북 김제에서 태어났다. 홍익대학교에서 서양화를 전공하고 서울민족미술인협회 노동미술위원회 소속으로 현실참여미술 활동을 했다. 어린이에게 꿈과 희망을 주는 그림을 그리는 화가가 되고 싶다는 바람을 품고 2005년부터 어린이책에 그림을 그렸다. 그린 책으로 『나비잠』 『큰애기 복순이』 『어린 엄마』 『명혜』 『소록도 큰할매 작은할매』 『내 푸른 자전거』 『해님맞이』 등이 있다. 2009년 『달은 어디에 떠 있나?』로 볼로냐 국제아동도서전 '올해의 일러스트레이터'로 선정되었고, 2010년 『강아지』로 한국아동도서전 일러스트레이터 부문 문화체육관광부 장관상을 받았다. 2013년 5월 구강암 판정을 받고 이듬해 6월 23일 생을 마감하기 직전까지 그림을 놓지 않았다.

나를 닮지 않은 자화상

화가 장호의 마지막 드로잉

초판 1쇄 발행 2020년 12월 8일

글·그림 장호
펴낸이 강일우
책임편집 서정민
디자인 달·리크리에이티브
펴낸곳 (주)창비
등록 1986. 8. 5. 제85호
제조국 대한민국
주소 10881 경기도 파주시 회동길 184
전화 031-955-3333
팩시밀리 031-955-3399(영업) 031-955-3400(편집)
홈페이지 www.changbi.com
전자우편 noma@changbi.com

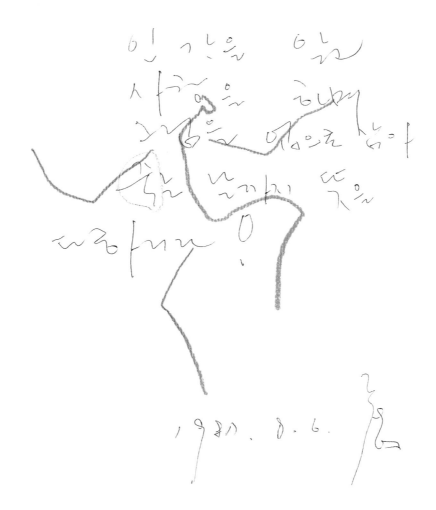

화가가 25세 때 쓰던 노트 첫 장에 적은 다짐.